中国多民族文学丛书／第一辑

同一种生活

夏雨／著

作家出版社

夏雨　原名李艳杰，满族，中国作家协会会员，毕业于鲁迅文学院第十二届青年作家班、第十九届青年作家培训班。获辽宁省铁岭市首届杰出青年文艺家称号。著有诗集《去春天》《平衡术》《夏之书》《同一种生活》等4部。其中《去春天》入围第十届全国少数民族文学创作“骏马奖”，《平衡术》《夏之书》获第五届全国电力文学金奖，《同一种生活》（原名《铸魂》）为中国作家协会少数民族作家重点扶持作品。

现居辽宁铁岭。

作者近照

目 录

花有重开日

我的理解是：人有重逢时
你说，会像春天一样来看我
一别数载，花开多遍
你却一直没来
我只好从故乡起身
过竹楼，去木屋
风吹雨打

山路九曲十八弯
走一步退两步
越来越胆大包天
走到尽头，你才同意正式开始
但我并未见到你
你在苗寨深处，吹牧笛，唱情歌
替我积攒爱的勇气

可是燕子已经飞回来了
花朵已经叩响了春天的门环

泡　桐

现在，我站在它的下面
光秃秃的树枝，像一张纷乱交错的网
将我与天空隔开

这是冬天，但它并不比冬天更寒冷
我也并不比寒风更颤抖
天空依然铺满了茂盛的阳光

它挥舞着风，和阳光
它的枝条，就是风和阳光静止的样子
我开始想象气温在缓慢回升

风，发了芽
阳光，慢慢打开了叶瓣儿
并遮住了天空的一角

我仍然站在树下
豆荚一样的果实一簇簇垂下来
大地，一年年不语
小镇，一年年保持沉默

小镇丁香

人们在小镇生活，一簇丁香
在山坡上生长
它和春天的约会
那么芬芳

丁香发芽了，风也发芽了
丁香开花了，风也开花了
开出一瓣儿，生活就打开了一个方向
再开出一瓣儿，又打开另一个方向

忽闪忽闪地，丁香
一口气开出五瓣儿
像是生活，被从五个方向来的
同一种爱，团团抱住……

这时的小镇啊，紧拽着春天的衣角儿
不敢动一下——
一个声音，幸福得
快要喊出来了

老地方

暮色从山谷里升起来了
来自北方小镇的青春
在吊脚楼前停下脚步
小鸟盘旋
你前世回头的那个夜晚，也如约
来到这里

你还带来了故乡的山坡绿草茵茵
村庄的小路弯曲向上
左边的早稻已收割
右边的鲜花在开放
而心灵的牧场
却被故意遗忘

饮苗家的酒，唱侗家的歌
爱情与向往迎头相撞
星星拥着天空走进了岁月
风吹稻浪你就是春光
注定有一个具体的位置
是自己的老地方

有什么新鲜事想告诉大家

春天比我勤快
我来时，它正忙着给花瓣描眉
给树叶梳妆
风吹草低
我没看见牛羊，却看见了
很多新鲜的人和事
柿子树点灯
麦浪打滚
二十岁时自毁前程的男子
却突然画得一手好油画
月光下，凤尾竹自笛孔里婉转柔情
风起时，雨水躲进自己的身体独自疗伤
我没能去抢水打田
却设置了无法破译的密码在心上
我从北方去
你自京城来
未被污染的茶马古道上
一切不出所料：花开一季

便可恋爱一次

春天的沉默

正催开满坡的桃花

桑葚红

小小的果实里藏着一个季节
还有这个季节里的风雨、情爱
我们来时，桑葚红到紫，红到黑
红遍了枝条
红透了心
光照下，我看见簇拥着的火
是凤凰岭先人留下的热情火花
开始时，我们走在青石板路上
与周围的核桃树、酸枣树、柏树谈心
甜蜜，舒畅
像回家的人
看到了缕缕炊烟
直到遇见桑葚，小小的
精灵一样妩媚的桑葚
我们看着它，赞叹它
细细品味它的滋味，体会它的性情
并愿意细细描述它们
凸凹不平
但绝对质感十足的样子

后来，我们肯定是醉了——然后
再也不觉得辛苦
直到整个下午，到现在
持续不断的甜
浸润我，包围我
并有一片红光漫过眼界
那是从凤凰岭映射过来的红
带着小小果实的香味
多少时间过去，一看到那样的红
我就泪眼迷蒙
难以平静

遍地月光

在清河
几乎没有太高的山
也没有太宽的河
草和树是平常可见的
偶尔的羊群也是有的
三三两两的绵羊，也并不是
雪白的颜色
但当夜晚来临
有几只便去了天上
哪怕只有一只
我们看它时，也在很悠闲地散步
我们看它时，一群月光
稀里哗啦地照下来
向南，向北……
一片月光，就是一味草药
医治灵魂之疾时
必佐以时间的碎片

灯盏如火

在小镇，我时常陷入这样一种状态：
不思，不想
无欲，无求
像山冈，静卧在天空下
像河水，自然起波澜

风愿意吹就吹
雨愿意淋就淋
太阳从早晨照耀每一个傍晚
我并不拒绝

在那条天天走的柏油路上
我微笑着与相熟或不相熟的人
打招呼
不怕被人超越，也不刻意追赶行人

看到小鸟飞来飞去
我会停下脚步，瞅几眼
看到花朵被枝条倾情捧起

我还会露出笑容

被一块石头绊倒
拍拍身上的尘土，接着走
一声爆竹炸响
也只悄悄抚慰一下跳动的心脏

然后，在命运的长河里
一生灯盏如火
该做什么
还做什么

一盏灯

一盏灯，自暗夜孤单的窗口
擦拭着黑暗，挥洒着光明
与城市、乡村，与世上所有的灯盏一样
擦拭黑暗
也擦拭漫过的岁月

适时展开内心
像一枚玻璃器皿
越擦越亮
小小的温暖，小小的光明
不是灯光，而是夜的心脏

我看见一盏灯
守着自己的秘密，惊扰了
走过窗口的那个人

清河，雪

大雪纷纷，我只爱清河的雪
我愿意回到那里
回到逸龙小区
回到那个独属于自己的房间
擦干净地板和窗台，打开粉色印花窗帘
让大雪将夜晚映得发亮

而我坐在窗前
回想流水一样的日子，其实
都曾在路口
一一与我握手言别
而我有些固执和绝情
与过去的一些人和事，断得清清楚楚

置身远方的岁月
天空后面的人和事
引领我走向命运的深处
在那里，有连接故乡最短的路
有不用相识就已熟悉的人

在那里，我天天写信
给上帝，给异乡，给山坡，给白雪
我写：在众多的雪中，我只爱清河的雪
它来自异乡
落在山坡上
它吻过上帝的额头
正映照着我的生活

哦，清河

这个秋天我如此贪婪
我想要一面镜子
照见叶子的脉络、蚂蚁的脚
我想有一双新生婴儿的眼睛
映出云彩的纹理、飞鸟的羽毛
我想有海水的辽阔
一株草、一棵树的挺拔和目标
我想有一把环卫工人的扫帚
筑路民工的铁锹
我想有一碗母亲亲手做的汤面
父亲磨快的镰刀
我想有一口纯正的乡音
喊出每朵花的笑
我想有一颗卑微的心
感知每寸土地的松软和妖娆
我想有一份记忆
感知人生的疼痛和希望
我想有一枚果实
包裹着善良人的汗水与勤劳

哦，清河

你先于我拥有了这一切

你就是我永恒的泪水

和骄傲

龙泉山庄

原木搭建的小木屋，松林
绿水，满族风情歌舞
尚阳湖深处的龙泉山庄
与我几年前来的那个，并无二致
仿佛镜子贪恋景致
而把它们留在心里
一个人口若悬河，另一些
自我陶醉
甲半途退场，乙暗自诅咒
我接电话或发信息——龙泉山庄
既无龙，也无泉，唯有一群经商的布道者
与另一群有苍耳本质的诗人
混在一起
如同把油洒进湖水
把水挤进石缝
我们闲聊，此言不搭彼语
我们微笑，点头只示己意
不说伤心事
不说与生活有关的事

大　坝

隔段时间
我就会来到大坝上，走一走
尚阳湖边的空气，饱满、湿润
有数百年前古人的温度
仿佛从京城来的那些人，被流放至此
领受大自然的教诲
享受命运的恩赐
我来到这里，看无边的湖水
将那个叫尚阳堡的小村子
淹没在湖底，又照亮小镇的晨曦
那些摇晃的波澜
有古老的光芒，却妥协于命运的胁迫
不能映出我想要的村落与街衢
仿佛句子后面的省略号
才是核心，但全凭意会
更多的时候，我愿意
来到这里，想一点关于人生本身的事儿
想一想，我与古人的距离
就是这片水域的距离

但我和他们，共顶一片天空
春天了，我们都跟相熟的人打招呼
都以一阵风的宿命
或一朵花的芬芳，想念或落泪
若要感激，我和他们都有在未来
与旧日子相遇的机会

三盏灯

在挨着街道的空旷与热闹的地方
我看到三盏灯
和它们身上成熟的镇定与兄弟般的颜色
仿若三只眼睛
闪亮在浩渺的时光中

红灯是兄长，果断地阻拦着车流与行人
冷静地把时光推向深处
它生来就像一堵墙
具备将事物堵在自己外部的本领
被其强行降为零速度的事物
习惯以安全获得依赖
或被动的法则

绿灯是弟弟，比命运更早接触未来
把前途之美提早传递给等待的众生
让人看清一个方向
是如何引导另一个方向
归于自己

并走向远方

黄灯是少年，你向前一步
道路就让出一步；你尽情追赶
它就有二兄长的韬略
你略一迟疑，它就是大兄长的绝情
将你横在道路以内
让空出来的前方诱得你心痒

我在小镇
也有三盏这样的灯
多年来，它们一直在我心里交替闪亮
将我带往苦痛、幸福、人群或某个孤单的街道
我时常通过它们的光亮
去探测命运的方向
及其恰如其分的美

河

“你能否蹚过这条河?”

“只要对面有岸，我就能蹚过去!”

“……”

“我还没遇到过无边无沿儿的河!”

人至中年

路越走越宽

河越过越多

每一条路都是一条河

第一条河都引领我们

走向浩荡与永恒

大雨突至

突至的大雨
覆盖了这个清晨和记忆
一生不可能遇到同样的风景
更不可能遇到同一个人
人近中年
一个女人俯身抱住自己
妥协，认错
并说服自己咽下衰老之果
——这推托不掉的应酬
拉大眼睛与书本的距离
加重了迈向台阶的腿的重量
然后是酸痛的脖颈
以及灵巧蹦跳的身躯自然生成的减速度
这一场雨
从相熟回到生疏
从温情回到冷寂
是岁月送给我的
最大抚慰
为了迎接我的到来，时光清净如新

为了来到这里，我心意轻盈

突至的大雨

一滴，便是海洋

一滴，便是整个人生

今晚的月光

归来的路也许不好走
三五个钟头是不够用的
从清晨到黄昏
路过的人或事物有千万个，我独爱
走到今晚的月光
那么一小片，在京城一隅的窗前
兜头将我罩住
浸润我，抚摸我
一个昆虫自由的鸣叫
一枚树叶轻巧的转身
流淌的月光
像我的命运
月光下，我是日渐衰老的妇人
是逝去的光阴依旧迷恋的青春——

最美的夜晚

天空一开口
就星光密布
再一开口，就月光满盈
她来到窗前，被那些光缠住
一颗星星直视着她
她挺身而对，“我在这里！”
她自言自语，“我没有变。”
她转过身子
室内亮如白昼
如果有人问起
“人世间最美的夜晚？”
她想：“是该换一种活法了！”

余下的时光

独处时向自己示威
也向自己妥协
她抓起时光的利刃
又丢掉命运的车轮
她认为人活三十并非一种荣誉
但孤独是完整的
活到四十岁、五十岁
仍然未必是荣誉
但有一股不可抗拒的力量
将她拽离那个旧世界
一个人离开另一个人
和抛弃一条搁浅的船没什么两样
当她的鞋底
踉过一团又一团弯曲的痕迹
并催开满心的花瓣儿
她与自己达成和解的勇气
荣耀着余下的时光
死也要守住的那些时光——

迷幻之处

一条小路走了多次
渐渐清晰熟悉——
树影，平坦，弯曲，远方
直到一天傍晚
一条花斑蛇横穿而过，窜进草丛
整个路面突然热闹起来

每个石板块，路界与行人
惊骇，哑然
一片月光轻盈而下，一只飞鸟
带着纯色羽毛的翅膀
把夜色掩映下沉默的小路
带到了迷幻、惊慌的深处……

散步时

散步时，你是你
另一个人回到从前——那时她七岁
或五岁。蹦蹦跳跳
跑到前面去了

一会儿绕着一棵树转圈儿
一会儿低头盯着一只蚂蚁念念有词
一会儿抬头看一行大雁
由北向南缓缓飞过

后来，她爱上一截柳树枝条
——前次雷雨划过的伤痕
她以枝条为马
为鞭，为拐杖，为灯塔

想着那时，太阳慢吞吞地
没有落下去，月亮
却已悄悄爬上了树梢儿
但她尚小，不懂有人约在另一个黄昏后

也许是同一棵树下
也许换作了小河旁
更不懂时过多年
那棵树依然还在老地方

那里的黄昏悬挂着炊烟
那里的小河流走了昨天
那里的人们仰望星空
回到了撒欢儿的童年

赶路人

入冬后，我爱上了散步
每日傍晚
我穿戴整齐步出家门
道路敞着胸膛
天空或阴或晴

有时我会遇到很多人，和我一样
绕着尚阳湖广场走来走去
有时只有我自己
走着走着，我会停下来
低头看自己的身影，在路灯下
坚定的本性
或者仰望，看天空到底有多大

那时，我坚信我是
以命为本的人
青春的过往已模糊
童年的鲜活却愈加突出
我满身的棱角

曾吸满良善的汁液，像月光
饱蘸洁净和温柔

如今，我越过理想的光奔向你
已私密全无。正如这个冬天
就是所有的日子
我隐居尘世
做不慌不忙的赶路人

秋　凉

刚进八月，天气陡然降温
太多的人没来得及加衣
我也没有来得及
但是，我很暖和
我和那么多的人走在路上
各自揣着命运赐予的不同理想
但也没想非要去哪儿
只是走着
如果我稍一走神儿
就可能错过斑马线，或一个
迎面而来的红绿灯
我就只能在路的一侧停止
或一直走下去
一直微笑，或不带一丝表情
风，用冷漠吹着我
现在的每一时刻，都会有
更大的空旷收留我

山葡萄

山坡上
透过藤蔓及叶片，你突然就出现了
圆润，多情
迎接我的惊讶与欢喜

在这寂静的人世
有多少温和的秋日
相拥入怀
有多少命定的喜悦迎头相撞

每一个心魂相依的日子
都是神的恩赐与佑护
是的，时间
风雨不变

天空越发高远，风从林间吹过来
一直吹
我把手伸向你
你轻轻握住了我

“每一个多出来的日子，都是我送给你的！”
有你的秋天
毫无征兆地来了
向上的道路上，笼罩着我
怀恋的晶莹之光

小树与天空

当你觉得你已经远去
还有人肯拉着你的手
在秋天，不仅天空有这样的想法
独立旷野的小树
已被这样的念头
折磨太久

你感觉树梢在颤抖
河水越过树根向远方漫去
但哪会这么简单
那一刻，你选择置身世外
不着一丝杂念
走进梦中

看啊，一个人走过去了
另一个人正走过来
其实你什么也没看见
那些年发生的事
那些擦肩而过的人

越是遥远，越熟悉

但并非只有距离
才会产生梦境
更多的时候
你俯下身子
你仰起头颅
面对的，都是同一种生活

天香之姿

几个月前，你来到了遥远的
我的身旁。在这里
你看见和听见的生活
是你所说的命中注定
以及花一样的梦

每天的你，静如空气
香甜而神秘
你说夜色茫茫
飞鸟歌唱
我见证夜晚从这里走进天亮

那奋力划过的翅膀
是否有颤动
那些能握住的
是否在远方

或许我还记得那些日子
是如何环绕，又是如何透明而忧伤

而你来到了遥远的
我的身旁

你一定还需要
我郑重写下你的名字
富贵，平常，众人皆知
是啊，那夜色茫茫
那有你的每一刻时光……

日月同辉

人的一生得积攒多少力气
来跟自己的内心对抗
不能说给你听的话
我不愿意说
你不能亲耳聆听的话，我默默埋在心底

天空的明月完美无瑕
我愿意用每一个明亮的日子
等你
从夜晚的窗口一点一点升起来
越过树梢，攀上高空

而我独在黄昏后
默默看着你
让秋露不经意打湿面庞

花　海

你在江南的岁月是美的
可我没看到
我愿意跟很多人一样
毫无节制地奔向你。我的生命
除了爱，还有等待

无望的、有罪的。那些雨
落在郊外。是我的事实
它只是完成坠落的过程
不会自我欣赏
也不会欣赏你

我今天路过你，想到北方水城
每一段时光，都是无解的谜
所有荡漾的波浪
都是多情的女子

因为错过了花期
才开在这片干净
但充满迷茫的大地上

向日葵

昨夜一场好雨
让天空与我紧密相连
我在时光里打磨的耐心
终于等到那一片让人心痛的蓝

这不是你的季节
但我决定让你做六月的花
用你的叶子布置夏天的展台
用你的花朵悬挂天空的晴朗

哦，花朵
还在隐秘中牙牙学语
但已把大地照亮，把天空晃得晕眩
——我也已晕眩很多年

但我坚持从北到南
从乡村到京城
在你照亮的金色大道上
追随热爱的旋律，敬畏的生活

你说出那些喜欢的
天空就飘起了一场干净的雨
你说起那些深埋灵魂的人与事
我便开始思念那阵清爽的风

这些年，再难熬的日子
也一个一个退出舞台
再难迈过的坎儿
也一个一个甩在身后

更多的时候，错过了花期
就是错过了你的行程
你看，昨夜一场好雨
悄悄地覆盖了有你的地方

我在这里
正如你终将开遍世间
那些灿烂和高雅
也是让人心生疼痛的一部分

轻风吹过白桦林

那么轻，那么轻
它矮下身子吹过来了
纯粹，干净，不与阳光、雨水争宠
它没有名字
它照样那么轻，不管是春天
夏天，秋天还是冬天
它吹过树叶的缝隙，树干的皮肤
吹过叶子的绿与黄，枝条的白与黑
你说它永恒、短暂？
你说它盲目、执着？
它不需要经过谁审核批准
也不看谁的脸色
这个夏天，它吹过来
也不需要自卑、愉悦
小脾气和大注视
但它吹过白桦林是既定的事实
不需要谁作证
它只是吹过来，或是在吹过来的征途中
白桦林多么美

它能否代替白桦林或某个人欣赏美景
它不能回答
它自身的一切没有人看见
这个夏天，它吹过来了
它只是纯粹，干净
矮下身子吹过来时
你可以叫它哲学、黑桃 A 或苦孩子
但有人叫它——风
它现在吹过来了，横穿阳光和雨水
它吹过的世界里还有：高大的天空
矮小的草地
比肩的树林
树林中枯腐的树桩
以及树桩上开着的小花

黄　昏

在众多场景中，我只钟情黄昏
那熟悉得不能再熟悉的
楼房、街道、泡桐
和收工的人们，都在小镇
迎接我归来

而我是如此沉迷，在渐渐
暗下来的天光里
关注炊烟
和渐次亮起的灯火

我知道亲人们的手
梳理生活的纹理
如同破译生命的密码
万物趋于平静，夕阳的余晖
正在掩埋天空下的事物

在这迷蒙的世界上
谁与谁相遇，都是不小的奇迹

而我只是万物的一种，在路口
撞上欲望的尾灯
也是没有办法的选择

风刮了一夜

积攒了整个冬天的力气
用一夜时间释放——
风，隐匿在空气中……
我听见星星
在黑暗里散开的脚步声
听见云朵悄悄集会的窸窣声
仿佛钟表指针上的信使
在传达某种不经意的信息

雨水，自天而降
隐秘，喘息，挣扎
与现实的风同处一世
缠绵交融
用力表达一种愿望

当世界被重新梳理、清洗
黑暗里满是祈祷的钟声
此时，雨水在缓慢流动

我侧过身体

感受内心的震颤

直抵心灵

风吹过

风从远处出发
吹过生我养我的小村庄
一粒黄土
拽着又一粒黄土飞起
低低的蒿草，高高的树林
走在路上的孩子们
都在风中
裸露着饱含汁液的青春

那时，母亲的头发还是黑的
她的身子骨
还没有被病痛折磨太狠
母亲素朴的衣裳在风中飞舞
她柔软的手臂将一颗颗种子
撒在刚犁开的垄沟里

大风紧贴着母亲的身体
我紧紧拉着母亲的衣角
母亲和我

都没有感觉到风的存在

我们沿着散发着甜味儿的土地

一直往前走

把生命对折

我的前一半
属于故乡——吐拉尺
后一半属于现居地——清河
从辽西素朴的村庄
到辽北也不繁华的小镇
我在绕阳河岸的忧伤
在尚阳湖畔
又加深了一层
人生没有哪段历史可以残缺
残缺的，只有记忆
或可指责的风景
而我连记忆也不曾残缺过
一切生命应具备的道德
或非道德，我都有
大江东去
只为托起水底的太阳
迟于黎明抵达的露珠
并不能构成被批判的理由

我的生命

肯定会有新的折痕

想一想，也不是什么多大的秘密

我见过最多的植物

在人世，我见过最多的植物
就是高粱
当我写下高粱
吐拉尺的沟沟坎坎及一望无边的大地
就惊心动魄地红成了一片

红成一片的还有
清河的原野及我的想象力
所能抵达的每一寸地方——
我的眼睛也红了

那高高瘦瘦的植物，它满面的风
满身的情
满心的爱
喂养过我的胃，如今又喂养我的心

那么多的“粱”啊，都高高在上
在母亲的姓氏里

在我的血液里、生命里

纯朴，高洁

永无伤害与背叛

绕阳河之恋

河上没有桥
河水或深或浅地从远方来
又到远方去
它的岸，曲曲弯弯
是河水的杰作

那些自然生长的杨树、柳树、榆树
一侧稳居岸边
掩映着河水
另一侧映衬着生我养我的家乡

它的河滩
早被落叶、芦苇、蒿草，温和细柔的泥沙
以及天空的影子
塞得满满的

或灰或白的云朵
一些野鸭和水鸟
在它们上面，安静地漂

或咕咕叫着飞

当然也在水面上
漂，或飞
它们同时也飞在欢乐或孤独里
这一点，与思念者的悲喜
并无二致

挖野菜的姐妹

还没有完全绿起来的田野里
风，吹拂着两个小女孩
也吹得整个天空瓦蓝无边

水灵灵的野菜
匍匐在地表
有着看不见的疼痛和奔跑

三月是姐姐的
四月是妹妹的
她们在挖野菜
也收集所有屈于低处的爱

这是三十多年前的一个黄昏
那么多纯净的欢喜
一无所知地被大风吹起
再吹起

更白的雪

正是深冬，视野里的白
辽阔无边
那是从辽西到辽北的高洁
或辽北到辽西的纯净

思家心切的人，透过行驶的车窗
陷入宁静的思绪里
寒风萧瑟，浮云聚散，野草摇曳
都有自己的理由

转瞬而过的村庄
炊烟重叠着飘散
仿佛有一位老者
一下一下拍打着树枝

那白发一样的雪，扑簌簌地
落在更白的雪地上
这潮湿的景象
绵延了数百里，令人疼痛难安

秋天的那片红

再一次想到它
再一次听到它咔咔拔节的声响
再一次想到它，再一次听到它
天光一次比一次亮了
心跳一次比一次响了

我祈求辽西的沙土地上
高粱可以红一点
再红一点
高一些
再高一些

让我隔着万水千山
也可以看到它耀眼的红
让我备受苦痛煎熬
也可以感受到它沸腾的红

那是故乡的颜色啊

是洗过了霞光的云朵

是我幽幽独语的生命

火一样长存

飞翔的山里红

真正发现它时
它正把无数燃烧着的小灯笼
挂上枝头
那时，我已在它掩映下的窗口
工作多日
每当疲惫袭来
它就以一身碧绿抚慰我
也以纯洁的花朵愉悦我
更以与世无争的态度
现身说法教育我
那么长时间了
它就在我的窗前
危机四伏，冷暖自知
我就在自己划定的圈子里
挣扎，喘息，望而却步
现在，它让满树的红，映照我
让满树的灯笼，指引我
而我却依然读不懂自己的心事
这个秋天

这样一个不经意的瞬间
我望着它
接近它，就是在成为
另一棵山里红的路上

擦边球

在北京，我生平第一次
打乒乓球，那个长胶球拍
是我不远千里从家里带去的
没有人知道
人近中年的我
有多么热爱这项体育运动

意念里，想象中
我天天打
时时打
分分秒秒打
长拍，短拍，削球……
我样样精通
打遍梦中无敌手

但我最擅长的，却是打擦边球
无论对手用什么技法
与我对阵
我都轻轻地、不伤筋动骨地

把球打在距离对手球拍
一厘米的地方

对手老想一拍置我于死地
我总想要绝地而后生
我守着自己最后的防线
在一场又一场比赛中
坚持到最后

命　运

没有人知道我的喜好，是独自
走在天空下
白天也好，夜晚也行
晴日尚可
阴云密布也无妨
我爱天地间的空旷，盛装我
行走自如的脚
和自由的目光
孤独远离我
犹如寒冷远离我
老雪遍地时，我清楚哪里有光亮
人至中年
我变得越来越柔软
并时常想念那些温暖的事物
但这个严冬，天空依然在
重复天空的命运
太阳从早晨升起一颗
在傍晚落下同一颗

我往返在此地与彼地之间
拖着长长的身影，以及四季分明的爱
也在重复自己的命运

车行至荒野

车行至荒野
四处皆冰雪
这是 2013 年元旦刚过的一天
辽西至辽北的路途中
厚厚的冰，趴在路上
忠实得像一条狗
让人不敢快速通过
缓慢的颠簸中，我看见
一些蒿草
静静地挺立在皑皑原野
一动不动地演绎旧年夏秋的浪漫
蹚过没膝深的雪沟
来到这些圣者身边
是麻果、蒺藜、蒲苇子……
我认得它们每一个的命运
但这似乎与悲郁无关
我又看到一棵老柳树
身染白霜，与晶莹

有一种说不出的紧密

我的想念

便开始往更深处疯长

每一天的幸福

冬天的夜里
世界还是夏天的经纬
我相信，春天时它们也是这个样子
被风吹拂的人
扎紧领口和袖口
并会多加一条真丝围巾
大片大片的雪，在夜里也是白的
大片大片的星光
被黑云遮挡也还是亮的
我相信
零下二十五度也会下雨
远隔千里之外也一样团聚
月有阴晴圆缺
古道、瘦马，枯藤、昏鸦
唯有生命是自己的
一品天成，流水向后
悲伤不如欢喜
忧怨不如怀恋
唯愿天下人
都能准确地成为幸福的人

你的水从天上往地下流

夏雨是果实的水。显然
说的是季节的雨
但现在是冬天，所有的雨水结成了冰
你说你不会滑冰，没关系
我们可以在冰上散步
向左走十米，向右走十米
向前走十米，向后走十米
人不能两次踏进同一条河流
你再次走过的路
也不是先前的那一条
水，桀骜不驯
有男人气质，甚至强硬
这都没关系
她终究硬不过温柔和爱情
何况有你今生写下的最经典的句子
何况有我此生最喜爱的果实——
你是我的果实
我是你的水
我的果实在地下向天上长
你的水在天上往地下流

尚阳湖

静卧在群山之间，群山
也并非名山，湖底淹没着
一个叫尚阳堡的古代流放重镇

现在是春天
你那里的花开了吧
我这里晚些时日也肯定都会开
你那里下雨了吗
我这里的雨水像油或泪水
一滴滴渗进土里、心里

阔大的尚阳湖面，像某人的脸
现出温和、神秘的笑
湖心处的小岛，湖面的波纹
倒映进水里的太阳和月亮
都是你呈现的风情

我愿意在小镇的春天里
等你

把你拥抱成长江和黄河

把你拥抱成

我自己

这一刻的美

忍住。必须忍住
到了极限也得忍住
再丰富的词语也无济于事

热烈——冷漠。崇敬——污辱
竖起的篱笆
投下巨大的阴影
一小段岁月
引申出的天空
不可能有太满意的宽度
尽管我不停地相信
各种美
都极具个性，但我仍在不停地破碎
一如时光的破碎——
但沉默不是妥协
安静不是退缩
任凭月光和疼痛
悄无声息，长驱直入

我唯愿这一刻
也是美的。但我只露出笑容
不出声

夜　行

一颗挤着另一颗
星星们对向苍穹的声音
感染着我——
到那边的天空去
古老的月亮用干净的光
发出信号

此刻，走在零下二十度的大街上
被风清扫的小镇
还有一颗叫路灯的星星引领
还有一颗叫家的星球在召唤
到那边的天空去，日子
将在鲜花环绕的湖边开始

呼出的哈气弥漫开来，与
楼群漏出来的光
让人温暖
那跟随身后的小路，把我们带远
嚓嚓的脚步声

也许并非鞋子和路的本意

到远方去，一颗挤着另一颗的
星星和我们
由远而近
是多少凝重的愿望
沉向生活的缄默

路

路，浮在大地上
大小车辆与行人，已成为它的一部分
麻雀和风，四季和光阴
也有了奔跑的意志和蒙着面纱的思想

一辆挂京城牌照的汽车
由远而近，轰响着从一个人的心底
从北方小镇
驰骋而去

每天我按时回家，或去远方
都经过这里
路边的田野、耕牛和炊烟，是我
想要的田园生活

日夜流淌的光阴的车轮
饱含爱的香气。它代替命运告诉我：
这是一条贵族之旅
它欲抵达的地方
叫完美

雪

比白更白的雪飘满了天空
山顶已看不见了
树梢穿过雪雾，染上了颜色
风也穿上了洁白的外衣
整个大地都在漂白，天使
张开了翅膀
我走在月亮的小镇
听路边的梧桐哼着歌谣
看到晨光
从后面追赶我
正朝着无限圣洁的颜色里翻山越岭
向高远而去
左侧是白光飞舞
右侧是白光飞舞
我夹在中间，不知不觉
已过中年

槐花气息

反复想到你，想到你居住的小镇
有一条叫清河的清河
你在它岸边的山坡上
我想到你脚下的黑土地
你头顶的晴空
你是站着的一棵树
向我吐露芬芳
似乎要包围我
又要去包围不知名的远方
清河幽静，槐花淡雅
我也有了槐花的气息
每次轻碰都会轻呼
每次想念都会泪流
到清河去
清河六月的风
吹拂身上的槐香
清河六月的雨
刹那间，搅动了整条河的感动

黄　昏

清河的黄昏，与别处
没有不同
都是从一颗太阳的成熟开始
都有同样的慢
或轻

都有跟在黄昏后的一列老火车
载着收工的人们
归巢的鸟雀
卸下装扮的树与小草
天空镶了金边的云彩
贴着地面回旋的风

那些俗世里有的
在黄昏显得更加宁静
其他地方有的
在清河，有了更和谐的气质

在这里，我宁愿自己也是

小小的黄昏

经过饱满的白日

有一颗迎接下一轮朝阳的心

救心丹

那一年。清晨。我送孩子去幼儿园后
刚来到单位
心脏就像针扎一样剧痛起来
我扶着门框
便失去了知觉
醒来时
躺在办公室靠门位置的水泥地板上
神情恍惚
不知身在何处
后来，医生也没查出我到底患了何病
只嘱咐我要坚持调养一段时间
又嘱我一定要随身携带
救心丹——
那颗粒状、小小的水丸
装在小小的陶瓷瓶子里
一直在我的挎包里
有时我在包里翻找可用之物
就会看到这个小瓶子
就会想到那些黑色、气香

味先苦而后有持久麻辣感的小东西
能在瞬间把人从死神手里夺同来
我感慨万端
想我已人过中年
距离那次心绞痛也已十年光景
且也只有那唯一的一次经历
可我，却如此计较
如此执着
如此不敢掉以轻心
仿佛活着，只为这小小的药丸

你是怎样的女子

你是怎样的女子
让我一出门
就遇上了你
并让我代替你
在尘世呼吸，行走
与人交流，独自沉默
让我代替你忧伤，代替你疼
一整天了，我双手捧脸
泪眼翻转，做我该做的事、能做的人
但我在疼
我代替你在这个尘世
旁若无人地疼
一心一意地疼
撕心扯肺地疼
我在尘世只有几十年的光阴
搬到清河居住也只有短短的二十年
如你一样
我只是俗常女子
爱一个人，养一个孩子

住一幢房子，过一世生活

晨起被朝阳浸润，夜晚有星光缠身

低头静思已过

抬头尽展笑颜

打电话诉思念情

过马路去菜市场

但我却代替你——在疼

槐花正白成一片

野生的槐花
开放在清河的山坡上
一阵阵香气被风吹远
那些蜜蜂，却不为所动
与阳光一起享受槐花最核心的芬芳
这是六月，清河有起伏的美
也有小草的简单和自由
星星、绿叶、湖水
赶考学生、上班一族、休闲老者
都有自己未知的命运
比如星星，越是黑夜才越亮
比如某件事情，只有忘记
才会想起它的全部
槐花正白成一片，又一片
在看不见的地方
成为秘密

雨　天

雨下得太大了，即使在伞下
也能看到她的裙摆和鞋子，湿而沉重
她有一个伙伴儿，相互依偎
除了紧紧的，看不清表情

更多的雨水，洒下来
更多的尘埃，四散而去
从她们慢行的姿态中，我看见
更多的青春
慢慢溢出

看出来了，她们不是急于穿过雨幕
她前伸的手指
像是指点，又似寻找
完全不理会一阵急雨，落进掌心

这是清河的傍晚
下班途中，我把心献给她们
眼睛却看着别处

以便那些树，被雨清洗时不再疼痛

——青春的、孤独的、忙碌的、消失的
万物间，皆有千丝万缕的联系
如这雨天，绕过潮湿
一切终将走向晴明

暴雨如至

云朵们在天空
互相转告着什么
那么多那么多的云朵，都阴沉着脸
雨呀，铺天盖地的雨
云朵肯定在说雨的事
被云朵一口气说出的雨
不想在天空散步，就到了
大地上行走
开始是轻轻的走动
后来忍不住
跑起来。跑呀跑呀
从夏天的傍晚跑进时光里
仍未减速……

这个夏天

连日有雨。风从心底吹拂
绕过楼群和花丛，向夏天深处吹去
我素雅的花裙，长长的头发
不经意地飘动

但不是风暴，天空低沉
比所见更深邃
像街道两旁成排的石板路
时间愈久，愈显得心事重重

如同一个人的内心，有所承受
更多病痛的消息传来
抵达风口时，所有的石头都忍住了尖叫
所有的草木却低下了头

所有的真实，使雨水迷陷
当我们指着前方或伤口，不知这一生
究竟是离生活更远
还是离死亡更近

但风，终究会吹回来

经过所有的歧途，只为吹回来

——带着雨水

或安详的气息

我的沉默比湖水清澈

一场大雨
淋湿了一场风
这老套的情节，出现在梦里
头发肯定乱了
衣裙也湿了
但我不为所动
我从梦里起身
拿起画笔，一笔一笔
画山脚下的水
河水只泛波纹
不作声
阳光照着河流中
迷了路的小溪

交　叉

一条路
与另一条路，纵横交错时
一场雪花的盛宴
正缓慢拉开帷幕
之前，有寒风阵阵
之后，有雨水丰沛
那个戴红纱巾追赶春天的小姑娘
转眼已过中年
她在雪地里挥舞着旗帜
她敞开了心灵
空空的来路，灌满了柔软和洁白
当然，还有山雀子的叫声
还有嚓嚓作响的足音
我是经过了秋天的人
见识过阳光饱满的鳞片
以及果实沉静的美
面向生活，我的手
还探入过它的内部
抚摸过痛楚的脉络和幸福的根

如今，我沿着一条路的广阔
走向远方
被过滤了的花香
塞满了雪后冷气弥漫的大地
而另一条路
正穿越等待和永恒
向更远方走去

时光安宁

天气预报说，又有一股寒流
欲从北方涌过来
——果真就涌过来了
仿佛人间所有的孤单
聚集到了一起
我坐在有暖气的房间
看窗外黯淡的阳光
一点一点地消失
仿佛我的青春也已消逝殆尽
我是孤单的主人
也是暗夜的承受者
天气预报说，明天白天到百年
西南风一直向北吹
遇到云彩时，风
至八级，至雨水横流
至时光拐弯、安宁，并确保人间
充满宽恕
百年后，时光给予我们的
又将重新洒满大地……

小　树

早晨之后，当我们进入正午
也许有阳光照下来
我看到了风
你看到了雨
但我们仍然手拉手，并排走着

后面有个小孩儿追过来
横穿风雨
向远方跑去。路旁的一棵小树
也跟着趔趄了一下
更多的行人
在听从命运的差遣

但我只喜欢风，如春天般温暖
尽管雨水选择落下
已多年。正午越走越深
每一处都有理由
让我们永久停下来……

一棵树的理想

想要见到另一棵树
为此，它起了个大早
早早地把树叶翻洗干净
它先用风洗了一遍
再用水洗了一遍
第三遍
用的是阳光
之后，这棵树站在原地
是的。经过它的那阵风
吹过去了，还会吹回来
落在它身上的雨，它不担心
停在它手上的鸟，它不担心
脚下的三叶草，它不担心
绕在身上的野藤，它也不担心
远处的一棵杨树
跟它没什么关系
更远处的一棵泡桐，跟它更没有关系
这棵树内心的苦与甜、长与短
只用枝条的生长作为见证

一棵树，以另一棵树所熟知的孤单和热情

盼望着

它小小的理想

快点儿实现

春天来了

这个夜晚，它撩拨多情的人
又失眠了。但失眠并非都是痛楚
像此时，我披衣坐起
开灯，开电脑，开心扉
其实我非算多情之人
因我心胸狭小，唯能装一事、一人
再多，便要溢出心外
仿佛到处是鲜嫩饱满的汁液
仿佛到处是春天
此时，非多情的我
心胸狭小的我
打开心扉，写诗，写心事，写思念
写一棵树，一个人
他们都在远方
在春天深处
摇荡着所有的花草、河流、轻风和云朵
摇荡着旗子、手势、情韵和修辞
还有紧张与局促
愉悦与自由

……

但失眠终究是一件痛楚的事

皆因世上痛楚即幸福

皆因有一扇心扉，打开

却再也关不上了

尚阳湖边的野菊花

秋天深了
尚阳湖边的野菊花，变得更浓
在秋风的凉里，它们成群地
爱上了玉米的颜色
爱上了大豆、水稻、树叶、阳光的颜色
这些具有金子颜色的植物啊
妥协于乡村生活的方式和秩序
它抚摸一下左边
玉米的脸；拍拍右边
大豆的肩；与后面的树叶拉拉手
又冲着前面的水稻笑一笑
很多年了，秋风从不知名的远方吹来
每每穿过尚阳湖的波浪和上空
就有金灿灿、黄澄澄的一片
又一片
在迷人处飘荡。一直静望着
尚阳湖的水；一直固守着
黑土地的脉络

风，跟这些迷人的金浪
较着劲，一波推搡着另一波
只几下，就晃晕了小镇的秋天

线　索

在尚阳湖，千米长的大堤是线索
我们驻足，拍照，牵手
一起眺望阔大的湖面
那只小鸟是线索
它一掠而过的身影，像刀
挑起湖面层层的清波

这清波就成了线索
像我们的日子，昨天推着
今天，涌向明天
明天也是线索，正闪闪发亮地躲在天边
而天边，即眼前

于是，眼前就成了亲密的线索
此时，正有风
温柔而过，并同时吹向你我
我听到孤独了一生的命运在自语：
“好好活着，就是幸福
找到你的最好的线索。”

在小镇

风，越来越冷
整个冬天，穿过了艺术、等待和爱
今夜，我学会了逆风奔跑
我反对它以同样的温度
占据北方

假如我是性情中人
我将穿过每一场风
并通过风
抵达浑然天成

但我无法超越头顶
就像我无法分辨那一点点逼近的
融化、喜悦和叮咛
假如生活
是一缕炊烟
我将是这滚滚炊烟的发散口

就像我们，在一月迎来风

在三月

也会与其迎头相撞

以此在人间的广告牌上，领略强悍的命运

和可怜的青春

下　午

那么静。咣咣的关门声
响在往日的喧嚣里
那么多人
去了哪里？
只是因为热，我才打开了窗
我看到白色的房子
依然很白
墨绿的松柏，依旧很绿
去年的山里红
依然挂在一月的枝头
暗红，夺目
荒草的梦，醒在寒冬里
错落有致的，还有桃树、梨树、杨树和野蒿
一些风自由流动
另一些风
扑入窗口
还有一些我看不到的情愫与虚无
也从敞开的窗口
一同扑向我

清　河

你可以叫它一条河
也可以叫它一个村庄或小镇
在辽北，它是我的栖身之所
白日里，走在它的呼吸里
黑夜里，睡在它的梦境中
我可能是它的孩子
也可能是一座山冈
可能是一个音符
也可能是一粒尘埃
或者是一滴水、一缕风
一粒松籽或榛子
一粒大米或葡萄
也可能是草丛里的一只蚂蚱、蟋蟀
一只小小的萤火虫
或是路边指示江山的广告牌
总之，像稻穗和阳光
在幼稚与成熟之间
反复着细腻与徘徊

在人间

我总是缺少必备的经验
比如写诗
比如圆滑地做人
但我是安全的
我弯腰，可以拾起友情和善良
我驻足，便可以欣赏到人间的美景
我不反对自己
慢慢吹熄孤独的灯盏
我不反对有人喜欢下雨
而另外的人也喜欢
下雨与夏雨
一个在天上，一个在人间
钟声穿透夜晚的灯光
倾向黎明
而我活得太久了
却从来不用寻找活着的理由

今　天

我们还活着
活着，就是幸福的一种
人生总会在正点进站
而我们，正在来时的路上
我们乘坐的火车
也终究会到达终点
但此时，命运的钟声
投入了极大的热情
绿树和花草
簇拥相伴
是什么使我们恍如隔世
并试图睁大迷茫的双眼？
握手和寒暄
前行左拐，那里
有多少人生
在默默等待

一朵花

当它还是幼苗
具备一棵植物所有的信念与理想
迎着朝阳伸展筋骨
沐着星光拔节抽芽
后来，它慢慢长大
含着笑意的花骨朵儿眼看就要打开
只差一点点雨润
只差一点点风吹
春天来了，雨方寸之外的脚下
汹涌流过
风从它的耳际呼啸吹过
路过的人，指点它的颜色不够鲜亮
说它的身段不够婀娜
作为植物，说它的本质不如牡丹富贵
不比水仙高洁
不抵玫瑰妖娆
被人折掉了一根枝
被人掐碎了一片叶
被人拧断了一个花骨朵

但它终究是有成熟的根、茎、叶
它放弃了虚飘的梦想
远离了致命的诱惑
只留下了朴素的想法——活着
实实在在
分分秒秒
——活着。它自卑、羞怯
与困苦和灾难抗争
与恶劣的环境抗争
它忍受友情的欺骗
爱情的背叛
以及来自陌生人的胡乱砍伐
以自己的汁液滋润自己
以自己的温度温暖自己
它迎着朝阳活
沐着星光活
直到有一天，所有人都看到
一朵朴素的花
盛开了
光鲜，闪亮，独一无二

小镇秘密

这里的街道跟别处没有分别
无非是从东向西
或从南向北
它所有的空荡
必须在我的脚下变成平坦
只剩下脚印和鞋底
在哭泣

我的意志，教我学会
垂直而入街道
而不惮于飞速而过的车
和任何你可以构思到的阻力
站在街道这边
我是青春的
站在对面时，或许童年
或许老年

总之没有人间的缺席
没有一些坏情绪充满我

让我用衰退表达、用灰烬表达
或用遗嘱，将小镇的秘密
全部说出来

星期四的夜晚

客厅里
电视机不食人间烟火地悲喜着
孩子写完了作业
照旧主宰着童年
这是星期四的夜晚
气温略低，低过海平面
心情略暗，暗过晴天白日
无暖气的房间
散乱的多情也揪成了一团
门窗紧闭，手机关机
街道上汽笛声声
天空中繁星点点
室内，我无友可攀谈
无书可翻阅
而此时，清脆的钟声响彻了夜晚
想到小镇上，那随处可见的
小蓟花、野菊花
它们的紫和金黄

酷似我确信的距离产生的美

是无奈

也是张狂

树的理想

就想有一小块土壤扎下根
小小的一块
就行。二十年了
光阴送给它新绿遍野的希望
也送给它落叶疲惫的忧伤
鲜花开过的地方试过了
小草发芽的地方试过了
怪石林立的山崖试过了
蒲叶飘香的河塘试过了
在小镇，你随处可见的那些人
就是这样的树
我替他们欢喜
也替他们悲伤

妥　协

好吧，就让我从傍晚起身
让我步行千里
去迎接一场风
好吧，天空下着雨我也出发
现在正是初冬
空气里满是酝酿完好的寒凉
没有同伴
没有照明的松把
沿途没有村庄
没有过河的舟楫
夜色和尘土包围了我
沉默和幻想也包围了我
好吧，让我丢失了仅存的佩剑
也没有关系
让我的灵魂风尘仆仆
让随之而来的夜晚
先是蒙蔽眼睛
再擦亮灵魂
好吧，就让我从傍晚起身

穿越阔大的草原

穿越千里之外风的静默和隐忍

抵达遥遥无期处

这个冬天

多么晴朗。天空有沉实的蓝
大地有稳重的温暖
电视里、网络上，还在说九天之内
两次上调的存款准备金率
街上的大小车辆
就已跑出物价疯长的速度
五百兆的手机流量
只有百分之五被 QQ 和微信占领
头上的白发
却一点不偷懒，依然在按阶梯规律
快速生长
空中的云朵三两抱团
飘动的旋律配合冷空气
向八方迁移
思家的人，早已
泪水纵横、肝肠沉醉
泡桐甩掉叶子，纷纷
现出迎接冬眠的决心
池塘里的青蛙收起喉咙

将抒情铺展进轮回的土地
我和它们一样
在这个冬天
克制，隐忍，躲避纷争
只露一张干净、素朴的脸

沉　默

我若沉默
肯定是周围正发生着什么
这个秋天，我作为一朵花
走向春天
正是为了寻找不同寻常的故事
我可以是主角
可以是配角
或者什么都不是
只在故事外编撰冷寂孤单的情节
但我必须盛开得彻底，像爆炸
挥霍掉所有的能量
和力气
让爆炸后的碎片
小得不能再小
小到尘埃下面去
要让我在众多的花朵中
看到一根鞭子的勇气、一把柴刀的骨气
甚至一个伤口
挥霍掉颓败后，走向
新生的安宁和不语

我很想是一枚月亮

有这个想法时
我比月亮年轻
而天上并没有月亮
我想知道月亮的行踪
也想知道月亮的心情
再后来
我就失眠了
月亮正化身为风、为柳、为孤零……
而孤零一定是花圃
一路将缤纷
打造成前呼后拥，堆积在交叉路口
让我意欲表达的征程
陷入好看的陷阱
但由此，我是否可以将
绝望的最高境界，理解成是希望
正如事物的消亡
是新生
世界上没有同一条河流
迎接一双脚

也一定不会有同一轮月亮，挂上天空

今夜你望见的那枚

不是我；明天的那枚

不是我；后天的那枚

也不一定就是我

菜市场的那个档口

档口的主人是位姐姐
双眼皮，白皙，圆脸
每日在绿的、白的、紫的、红的蔬菜间
微笑

她的爱人小眼睛，黝黑，瘦削
正剔除一枚枯黄的菜叶
他们靠卖菜供养的儿子水灵，有棱有角
在天津某电力公司供职

现在，他们的爱心是饱满的花园
菜花是茉莉，菠菜是爱情
茄子是柔软的铁
大白菜是新型玫瑰

她锻打一支支丘比特利箭
她装扮一簇簇水灵灵的花篮
她愿天下有情人
都能过上好日子

——我几乎天天都来，从这里带走
各种维生素和营养素
喂养肉体的空寂，和
冷暖自知的生活

晴　天

晴天也有雨。你一定要相信
我说的是真的
就是没有雨，也会有一朵
饱含雨水的云彩，飘过

现在，我坐在夜晚深处
和你一起仰望星空
我隔着厚厚的窗帘
你透过沉沉的梦

“我死不了，她就活着！”一个声音
从翻开的书中传来
“她一辈子都揣在我心里……”
又一个声音缓慢响起

声音不是我发出的
文字也与我没有关系
但有一只晴天的鸟
正飞过自由与辽阔——

窗　口

是的。一切都刚刚开始
向南的窗口还没有打开
你还站在门外
手中的钥匙
还没有完全对准锁孔
推门的姿势还没来得及摆出来
你心底和脸上的微笑
还没有完成置换
那么多的人
还没有站在你身后，更多的人
还没有蜂拥而来
而我，只是偶然路过那扇窗口
就听到一串琴声
温柔地飘出来

办公桌

办公桌在组合之前，是几块木板
一块是平的
另一块也是平的
它们之前的样子我不说你也知道
是一棵树
或两棵
先是站着，后来倒下了
它躺在地上的样子我是见过的
裸露着头颅和足底
坚守着倔强的屈辱与忧伤
但我关注的是它们站立时的样子
它偌大的树冠上有没有一只鸟巢？
下雨的时候
躲在巢里的鸟儿们
有没有拥抱在一起？

椅　子

我在一棵树的生活里
知道了它的前生、后世
而我最想做的是
和即将坐在它上面的人
一起
为它前世树冠上淋雨的鸟儿们
驱散乌云
或来到它的后世
将它的一捧骨灰
撒到鸟儿们可以到达的地方
让椅子
以另外的方式
与自己握手言和
或反目成仇

再去一次

那就再去一次吧。让我们
重新开始相遇
不要刻意相约
让我们重新回到陌生
让我重新回到一本书里
读到你的名字
再回到另一本书里
读到你的名字。很庆幸
我没有从别人的嘴里
探听到你的半点消息
保证了遇到你之前
我心底的空白
一定程度上，空白就是洁白
空白就是丰富
空白就是真理
空白就是不能把甜放在舌尖上
更不会把苦也放在舌尖上
空白就是一条路
我正在将它走直，走弯，再走直

空白就是当我想念一个人时
可以随便地想
任性地想
放肆地想。空白就是
当我再一次与自己合影留念
你突然就出现了——
捧着一颗战栗的心

未到的货物

你肯定会想
没有到货是因为它们还在路上
你肯定没想到
我也在路上
但我没和货物在一起
对不起，我已独自上路很多年
曾有一道闪电照亮过我
一个滚雷惊醒过我
我本来就是生命
残忍划下的伤口
即使浅薄也欺骗不了我
即使坚强也治愈不了我
时间更是无能为力
但我在一只蚂蚁身上
发现了自救的秘密
请原谅我擅自做了一回主
假装若无其事地赶往货物的必经之地
让我光有孙悟空的眼睛还不够
还得让我身藏七十二变的绝世武功

让我拥有一根骨头的硬度
再有整片海水的温柔
没关系。就让我委屈一下自己
以那些货物的形状和质地
迎头撞进你的热望里

旧物词

一本古书里记着唐风宋雨
一只花瓶里藏着魏黑晋白

天空飞云袅袅可是唐朝那一朵
地上草木深深可是魏代那一丛

记忆缺席是宋朝时间出了故障
想象迟到是晋代思想有了问题

现实暗示未来要找到回忆的结尾
冬天穿过钟声欲消灭想念的距离

一部线装书携带诚实的花瓶
装满了 2015 的月光和孤独

浮　雕

是凝固的历史定格成鲜活的生命
是静止的光阴刻画出喧嚣的战争

一个又一个人
一秒又一秒的冰冷

手捧着的时光
从心底，一寸一寸滑落

不知是生命更久远
还是冰冷更永恒

山坡上的墓地

故乡的山坡上
有他的哨位
那肯定是他最后的哨位
无论谁来，他都以卧姿站岗
——不再放枪鸣笛

无论谁对他的怀念
都不如哨位旁边那棵老榆树
历尽风雪，每年春天
都绿了再绿
撒下一地白花花的榆钱儿

故乡山坡上的哨位
花草做伴，飞鸟盘旋
多么像他的钢盔
被倒扣在山坡上
替他站好最后一班岗

小镇考古工作者

命运是埋藏在地下的娇贵文物
日积月累
皇天后土
已越埋越深，越来越难以呈现本来面目

我是考古工作者
手里一把铁铲，一把刷子
一只蛇皮口袋
跪在生命的大地上清理浮土泥垢

我小心翼翼，不敢轻举妄动
生怕碰坏了友情的手指头、爱情的眉毛
酸甜苦辣的影子
人际关系的导火索

我一点一点铲去浮土
我一滴一滴吸走积水
时不时地俯身
吹一吹灾难的皮屑、坎坷的碎末

将甜蜜的场景放在一边
将苦痛的回忆放在身后
看，我的童年已闪亮登场：透明，纯真
我的青年也已荣耀于世：热情，勇敢

现在，铁铲已挖掘出我中年的头颅
额头日趋明亮
眼睛更加沉静
鼻子能分辨五味杂陈的气味
左耳灌满了善良的麻雀叫
右耳迎来了诚实的流水声
嘴巴很小，把对俗世的是非品评
完整地挡在牙齿内

现在，我用刷子掸尽
丝绸衣裙上、高跟皮鞋上的时光斑点
和俗尘颗粒
我的中年就已初露端倪：
敢于承担，冷暖自知

生命不息
挖掘不止
直到呼吸停止那一刻
命运这只娇贵的文物才算完整出土
这只蛇皮口袋才算派上用场
扎口标签上书：有个女人
爱生活，也爱你

要学蜜蜂在生命里画直线

一朵花正在盛开
一群花正在盛开
蜜蜂要采蜜了并不事先张贴告示
不打电话
不发信息
不故作矜持不端架子
不做含糊不清的表白
像小鸟扑向森林的怀抱
蜜蜂直接从蜂房中飞出来
摁响花朵的门铃
“你真美!”把赞美直接送给摇晃的花瓣
生命短暂
蜜蜂没有时间画弧线、曲线、弯线
蜜蜂飞越河流
翻越高山
在草丛中流连
甜蜜正在花蕊中酝酿
芬芳正在花丛中流淌
蜜蜂以最快的速度、最短的路径
抵达生活深处

生　日

若干前的这一天
在那个叫吐拉尺的小村庄
我极不情愿地离开母体
那一刻母亲疼，父亲笑
那一刻我哇哇大哭着
被迫与俗世和解
那一刻，我一定是睁开眼睛看了
但什么也没看见
辽西的土地深似海
养育了父母双亲
也养育了我
太阳古老的光芒，慢慢洒下来
像父母的血，慢慢渗进
我的生命
每天一点点
但每一天都不同
后来，我离开故乡来到辽北
姐姐出嫁也去了外地
我们如候鸟，定期地飞回去

又飞走
再后来，母亲也离开故乡
去了天堂
这一去，她就再也没回来
到今年已满七年了
只留年过七旬的老父亲
独自一人枯守家乡
这几年，每逢十月初三
我都给父亲打电话
告诉他，多吃一枚煮鸡蛋
我在异域
打电话的时候，只想哭

黄昏的铃声打断了我

我正安坐白天的椅子上
数硬币
你说过，要用这些硬币
给我买糖果
我数着大堆的硬币
凭着经验在数，无论硬币
呈现哪一面
我都能准确地判断出面值
我在糖果诱人的香气中，数呀数
数了一整天
也还没数完
后来，我沉浸于数数本身的快乐中
忘记了糖果，也忘记了周围
已围满了观看的人
但黄昏的铃声打断了我
我推开正数着的硬币
站起身来。透过人群
循着糖果的味道
去寻找

那个让我数硬币的人
我不要硬币了，也不要糖果了
我要这个具有硬币气质
又有糖果香味的人
我要紧紧地拉着他的手
迎接更深的夜晚及时到来

在小镇

小镇。下午。天空有两三朵白云
还有阳光，很亮
大烟囱吐出的轻烟抚摸着云朵
凉水塔漾出的水汽
像素色花，隐隐现出花瓣
偌大的厂房，一半在光亮里
一半在它自己的影子里
纵横的电线架上高高的铁塔
铁塔在坚实的黑土地上
一丛紫丁香在身旁，任性地开放
而我在小镇的山坡上
小镇所有的安宁都在我脸上、身上
突然而至的泪水，让我
承认：是的，生活
你的悲喜带来的所有一切
于我都是恩赐和光明

又见炊烟升起

经常看到它们——
一缕缕炊烟，在乡村
几乎是美不胜收的风景
清晨，傍晚
那些好闻的、掺杂着植物茎秆味道的炊烟
像花瓣，像云朵
每一缕都有着轻盈、曼妙的体态
奔向空阔得要命的蓝天
我看着它们，像看着乡村的生活
朴素而甜美
当电器化走近了生活
走得那么近
像影子，把高品质反复渗进细枝末节
生活，开始波涛翻涌
人类，开始眼花缭乱
有一小部分人，开始静默
开始守着自己的空阔
怀念那扶摇直上的炊烟

异乡的日子

故乡的日子，是白天
和风吹拂
阳光普照
可以让人尽情领略大自然的爱和教诲
异乡的日子，是夜晚
月光代替阳光
陪伴我，让我数一数
一生到底拐过了多少弯儿
这一数啊
轻舟就已过了几十年……

彩　虹

感谢你，为我描述尚阳湖上的彩虹
当暴雨如注
湖上是竖立的水
无边的水的翅膀
飞翔在水上，涡流中
激荡着天空尚未苏醒的灵魂

但这灵魂也是有根的
深植于浩瀚的天宇中
当灰黑的云朵
退出愤怒的边缘
仿佛彩虹掀开七彩盖头
迎着霞光缓慢上升

那时，我并未在异地
一片羞涩的碧蓝
映衬着天空的纯净，那也是我
或故乡生命的亮色
是人生的帆

挂在希望的桅杆上

湖水是被驯服的马，正低头
吃着波浪的叶子
残迹，只有风看得见
从江水里打捞出的生活
恰似彩虹，天上一道
心里一道

立交桥

一条路，被另一条路拦腰穿过
便有了路口。你站在这里
还不算完全认得回家的路
得有红绿灯
这只日夜停在空中的鸟
日夜不停地眨眼睛
终有一天，第三条路
横空出世；接着是第四条
第五条……交织着飞行
一棵树，把根扎在地底
把树冠伸向天空
更多的人同时穿越同一个路口
更多的人需要新的宽敞和平衡
立交桥在空中，把一个路口
分成更多的路口。一个个入口
也是一个个出口
把不同方向来的人
送向同一个远方

铸　魂

六千多年了，风吹着雨
雨迎着风
一千多万人里，你我血脉相依
江河为血，群山为骨
倔强与柔顺共为一体
抗争与良善同出一辙

更多的人，于沉静中
讲述同一个故事
从秦朝飞来的鸟，曾在名为
肃慎、勿吉、靺鞨、女真等树上飞过
最后停留在
一棵叫满族的大树上

时光饱受时光之苦，它照耀
它逼迫，它让这棵树
看到了黑龙江
望见了长白山
还有辽宁的黑土地

那一种任性啊，也会爱上更辽阔的地方

我常常沉醉于这棵树独特的内涵
这是一棵有尚武精神的树
是一棵讲究服饰文化的树
是一棵会唱京剧的树
是一棵爱说方言的树
是一棵喜欢吃酸菜炖粉条儿的树

这棵树，它的原生性让人着迷
它的兼容性让人神怡
这棵树，喜欢与其他树互动
这棵树，吸收周围的营养
用自己和通用的语言
复述命运曲折的故事

这棵树，让世界回过神来
让时光流动，温暖的气味
鼓动着人感恩的神经
——只为繁荣而生，除了
深郁和绵长
没有什么可以改变呼吸

图书在版编目（CIP）数据

同一种生活 / 夏雨 著. -- 北京：作家出版社，2016.3
（中国多民族文学丛书）
ISBN 978-7-5063-8805-4

Ⅰ. ①同… Ⅱ. ①夏… Ⅲ. ①诗集-中国-当代
Ⅳ. ①I227

中国版本图书馆CIP数据核字（2016）第051763号

同一种生活

作　　者：夏　雨
责任编辑：李亚梓
特约编辑：赵　飞
装帧设计：曹全弘
出版发行：作家出版社
社　　址：北京农展馆南里10号　　**邮　　编**：100125
电话传真：86-10-65930756（出版发行部）
86-10-65004079（总编室）
86-10-65015116（邮购部）
E-mail:zuojia@zuojia.net.cn
http://www.haozuojia.com（作家在线）
印　　刷：三河市北燕印装有限公司
成品尺寸：170×240
字　　数：140千
印　　张：10
版　　次：2016年4月第1版
印　　次：2016年4月第1次印刷
ISBN 978-7-5063-8805-4
定　　价：25.00元
